7 HISTOIRES POUR LA SEMAINE

H hachette
JEUNESSE

lundi

Disney

LES ARISTOCHATS

Comme tous les après-midi, Adélaïde de Bonnefamille rentre d'une courte promenade dans Paris en compagnie de ses adorables chats.

Escortée de Duchesse, une chatte ravissante, et de ses trois chatons, Berlioz, Toulouse et Marie, Madame de Bonnefamille monte dans ses appartements.

Edgar, son maître d'hôtel, est très jaloux de cette affection. Tandis que Madame de Bonnefamille s'occupe de ses chats, il verse des somnifères dans leur lait…

Puis, lorsque les chats sont profondément endormis, il les met dans leur panier et les emporte loin de la maison.

Quand la petite famille se réveille, quelle inquiétude !
Les chats ne savent pas où ils sont, ni comment rentrer
chez eux !

Heureusement, un matou nommé O'Malley
s'approche.

– Alors, ma jolie, dit-il, vous êtes perdue, loin de
Paris ? Ne vous inquiétez pas ! Je vais vous aider !

Mais alors que la petite troupe passe sur un pont, Marie glisse et tombe dans la rivière.

– Au secours ! hurle sa mère, affolée.

Sans hésiter, O'Malley plonge aussitôt pour repêcher la petite chatte et la rend à sa mère. Quel chat courageux !

Arrivés à Paris, les chatons sont épuisés.

– J'ai mal aux pattes ! se plaint Marie.

– Et moi aussi ! renchérit Berlioz.

– Courage, petits tigres, nous arrivons chez moi !
les rassure O'Malley.

O'Malley sourit en passant la tête par la lucarne. Son vieil ami Scat Cat et sa bande de chats de gouttière sont déjà là et improvisent un concert de jazz endiablé.

Duchesse et O'Malley vont s'asseoir sous la lune, tendrement blottis l'un contre l'autre. Comme ils semblent heureux !

Dès le lendemain, la petite famille, toujours accompagnée de Thomas O'Malley, rentre chez sa chère maîtresse.

Madame de Bonnefamille est si heureuse de revoir ses chats qu'elle adopte aussitôt O'Malley ! Elle fait une photo pour immortaliser l'événement.

Quelle fête dans l'hôtel particulier d'Adélaïde de Bonnefamille ! Scat Cat et sa bande sont même invités à rejoindre leurs amis. Ça va swinguer toute la nuit !

mardi

Cela fait bien longtemps que les jouets ne sont pas sortis de leur coffre. Andy a grandi, il s'apprête désormais à rentrer à l'université. Avant de partir, il trie ses affaires.

Mais, alors que le garçon veut les ranger au grenier, les jouets se retrouvent par erreur dans le carton des affaires à donner à la garderie Sunnyside!

À la garderie, Lotso, un gros ours rose, les accueille chaleureusement. Buzz, Jessie et les autres jouets ont très envie de rester mais Woody n'est pas d'accord : ils appartiennent à Andy.

Woody tente alors de s'échapper par le toit. Un cerf-volant lui sert de parachute, mais il tombe dans un arbre. Une petite fille nommée Bonnie le retrouve et l'emporte chez elle.

À la garderie, les jouets rencontrent enfin les enfants… qui sont de véritables petits monstres! Ils emmêlent le ressort de Zig Zag, détachent la queue de Rex, et malmènent Buzz et Jessie.

Woody, quant à lui, passe un très bon moment chez Bonnie. Il y fait la connaissance de nouveaux amis : Bouton d'or, M. Labrosse, Dolly et Trixie.

À la fin de la journée, les jouets sont épuisés et déçus. Ils décident de rentrer chez Andy. Mais Lotso et sa bande refusent de les laisser partir et les enferment dans des casiers.

Chez Bonnie, un vieux clown révèle à Woody que Lotso est devenu un tyran le jour où il a été perdu par la petite fille à qui il appartenait. Les jouets sont en danger à la garderie !

Woody décide d'aider ses amis. De retour à la garderie, il met au point un plan d'évasion. Pendant que M. Patate distrait Lotso, Zig Zag et Woody volent les clés de la garderie.

Puis, tous courent jusqu'au vide-ordures, dont le conduit mène vers la sortie. Mais, une fois encore, Lotso se met en travers de leur chemin et refuse de les laisser passer.

Woody tente de le raisonner. Soudain, le camion des éboueurs vient vider la benne dans laquelle se trouvent les jouets. Tous sont emportés par l'avalanche des déchets.

Au centre de tri, les jouets se retrouvent sur un tapis roulant qui les emmène droit vers un incinérateur !

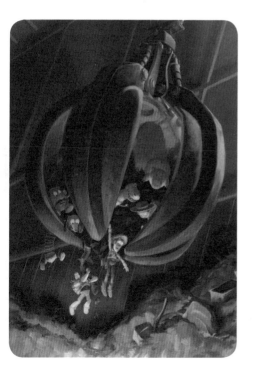

Heureusement, les aliens prennent les commandes d'une pince géante pour les sauver.

Enfin, les jouets parviennent à rentrer chez Andy. Soudain, Woody a une idée : il écrit l'adresse de Bonnie sur le carton de jouets.

Andy a compris ! Il décide de donner ses jouets à la petite fille. Désormais pour les jouets, la vie avec Andy appartient au passé, mais leurs aventures avec Bonnie ne font que commencer…

mercredi

une histoire avec…

La Belle et la Bête

Perdue dans la forêt, une jeune fille aperçoit au loin un étrange château.

– Allons demander de l'aide ! dit Belle à son cheval.

Quelle étonnante demeure… Tous les objets bougent et parlent !

– Je vous souhaite un bon appétit ! s'exclame Lumière, le chandelier. Et aussitôt, la vaisselle et les couverts se mettent à danser ! Belle n'en croit pas ses yeux.

Puis, la fête terminée, Belle décide de visiter le château.

– Qui vous a permis de venir ici ? grogne soudain une bête effrayante.

Belle est terrorisée. Vite, elle s'enfuit. Mais, tout à coup, des loups l'attaquent… Belle est à la merci de la meute déchaînée !

La Bête surgit et gronde. Ignorant les terribles morsures, elle combat les loups qui détalent. Quand le silence revient, Belle est saine et sauve, mais la Bête a été blessée.

De retour au château, Belle s'empresse de soigner les blessures de la Bête.

– Merci de m'avoir sauvé la vie ! lui dit-elle.

Petit à petit, Belle apprivoise la Bête.

La jeune fille n'en a plus peur et accepte de dîner en sa compagnie.

— Buvons à notre amitié ! propose Belle en levant son verre.

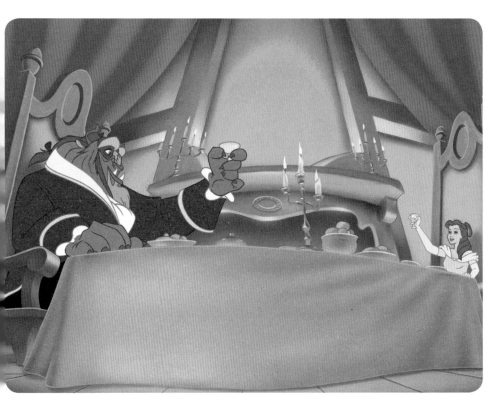

La Bête entraîne ensuite la jeune fille vers la salle de bal. Après une longue valse, Belle s'approche de la Bête et l'embrasse.

Alors, sous les yeux
étonnés de Belle, la Bête
se transforme en un beau
jeune homme.

– Grâce à cet amour, la
Bête que j'étais a disparu.

Les serviteurs retrouvent leur apparence humaine et c'est avec joie que, quelques jours

plus tard, ils assistent au mariage de Belle et du Prince.

L'amour a triomphé, le sortilège est enfin brisé.

jeudi

une histoire avec…

LE LIVRE DE LA JUNGLE

En se promenant le long de la rivière, Bagheera,
la panthère, découvre un petit d'homme dans un panier.
Il décide de lui trouver une maman.

Attendrie, maman louve l'adopte aussitôt et l'élève avec ses petits. Les années passent. Un jour, on apprend que Shere Khan, le tigre assoiffé de sang, rôde dans la région. Mowgli est en danger!

Akela, le chef du clan, réunit alors tous les loups. Ensemble, ils décident d'envoyer Mowgli dans le village des hommes, afin de le protéger du terrible tigre.

Bagheera est chargé d'accompagner le garçon. Mais Mowgli refuse de quitter ses frères les loups. Il s'échappe à la première occasion!

Dans sa fuite, Mowgli rencontre Baloo, un gros ours qui chante et danse. Il apprend au garçon à prendre la vie du bon côté.

Mais, alors que les deux amis font la sieste, Mowgli est soudain soulevé dans les airs. Des singes ont décidé d'emmener le petit d'homme devant leur roi, Louie.

Baloo, déguisé en ravissante guenon, se rend chez les singes pour sauver son ami. Mais il se dandine tant qu'il perd son déguisement! Heureusement, Bagheera surgit et sauve le jeune garçon.

– Tu ne fais que des bêtises ! gronde la panthère.
Tu as mis cet enfant en danger. Il faut le ramener au
village des hommes…

Profitant de leur dispute, Mowgli leur fausse compagnie une nouvelle fois. Il se repose un instant et fait la connaissance d'une bande de vautours qui lui font oublier ses malheurs.

Mais alors que Mowgli s'amuse, le terrible Shere Khan
est toujours à sa recherche.

Soudain, le tigre surgit et bondit sur le garçon. Mais avec l'aide des vautours et de Baloo, Mowgli parvient à s'échapper. Grâce à une branche d'arbre enflammée par la foudre, Mowgli fait fuir à jamais son ennemi.

Tout est bien qui finit bien pour les deux amis, qui sont très heureux de se retrouver !

Le lendemain, Mowgli aperçoit une petite fille au bord de l'eau. Intrigué, il s'approche, alors que Baloo et Bagheera le regardent d'un air malicieux.

Le garçon décide finalement de rester dans le village des hommes.

– Au revoir, les amis ! On se reverra bientôt !

vendredi

une histoire avec…

LA PRINCESSE ET LA GRENOUILLE

Lorsqu'elle était petite,
Tiana aimait cuisiner avec
son papa. Ils invitaient

souvent leurs voisins à partager leur repas. Leur rêve le plus cher était d'ouvrir un jour un restaurant ensemble. Chaque soir, ils priaient l'Étoile du soir avant de se coucher, afin qu'elle leur porte chance…

Tiana est devenue une belle jeune fille. Elle travaille comme serveuse pour gagner de l'argent et pouvoir un jour réaliser son rêve. Un matin, son amie

Charlotte vient lui rendre visite avec son père. Ils organisent le soir un grand bal masqué pour l'arrivée en ville du prince Naveen de Maldonia!

Durant la soirée, Tiana prie l'Étoile du soir, lorsqu'une drôle de grenouille apparaît et… se met à parler !

C'est le prince Naveen : il explique
à la jeune fille qu'un vilain sorcier lui
a jeté un sort.

Pour le rompre, il faut à
tout prix qu'elle l'embrasse.
Mais, horreur ! Tiana se
retrouve à son tour
métamorphosée !

Après avoir fui loin du bal, les deux grenouilles se retrouvent dans les marécages. Elles rencontrent alors

Louis, un alligator fan de jazz et Ray, une gentille

luciole qui propose de les aider. Tiana et Naveen apprennent à mieux se connaître et, finalement, ils semblent de plus en plus s'apprécier.

Bientôt, les quatre amis aperçoivent un grand crevettier
perché en haut d'un arbre. C'est ici qu'habite Mama
Odie, une magicienne très douée qui devrait pouvoir

rendre à Tiana et Naveen leur apparence humaine. Mais la vieille dame leur explique simplement qu'ils n'ont pas encore compris ce qui était le plus important dans la vie…

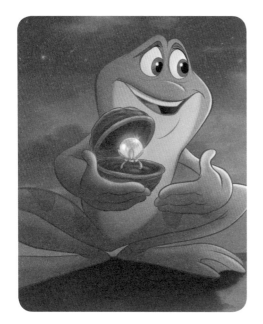

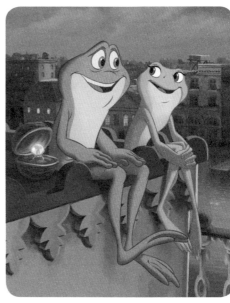

Sur le chemin du retour, Naveen comprend les paroles de Mama Odie. La magicienne lui a ouvert les yeux : il est amoureux de Tiana ! Et peu importe leur apparence. Le prince décide alors de demander sa bien-aimée en mariage. Tiana est ravie et s'empresse d'annoncer la bonne nouvelle à son amie Charlotte.

Dès le lendemain, Tiana et Naveen se marient dans les marécages, entourés de leurs amis. Lorsque le prince embrasse son épouse, les deux

grenouilles retrouvent leur apparence humaine! Quelle joie! Après une seconde cérémonie au palais, Tiana réalise enfin son rêve en ouvrant avec Naveen un somptueux restaurant!

samedi

une histoire avec…

C'est aujourd'hui qu'a lieu la Piston Cup, la plus importante course de voitures de l'année. Flash McQueen est persuadé de gagner. Mais...

– Nous avons trois vainqueurs ex æquo, crient les haut-parleurs. Pour les départager, une nouvelle course sera organisée dans quelques jours en Californie !

– Je veux arriver le premier en Californie pour pouvoir m'entraîner sur le circuit, dit Flash à Mack, son camion. Puis, épuisé par la course, il s'endort.

Mais au milieu du voyage, la remorque s'ouvre et Flash glisse du camion : la voiture rouge se réveille à contresens au beau milieu de l'autoroute !

Flash part à la recherche de Mack. Soudain, une voiture de police le prend en chasse et une course-poursuite s'engage. En tentant de s'enfuir, Flash McQueen cause beaucoup de

dégâts dans une petite ville isolée, nommée Radiator
Springs. Il est convoqué le lendemain par le tribunal et
condamné à réparer la route.

Flash est furieux.
Il doit tirer un
énorme engin
de chantier pour
goudronner la
route. Il devrait
plutôt s'entraîner
pour la course !

Heureusement, les habitants de la ville sont très gentils. Il y a les garagistes Luigi et Guido, Martin, le camion-remorqueur, et Sally, la belle voiture de course.

Quelques jours plus tard, la route est enfin terminée!
Sally emmène alors Flash faire une petite promenade.

Elle lui explique qu'avant, plein de touristes s'arrêtaient à Radiator Springs. Désormais, plus personne n'y passe et les habitants se sentent inutiles...

Flash est triste : il voudrait faire quelque chose pour ses amis, mais l'heure de la course a sonné et il doit quitter la ville.

Avant de partir, il décide d'acheter des pneus neufs chez Luigi, de faire le plein d'essence biologique chez Fillmore et il choisit même de nouveaux autocollants à

a boutique. Flash est heureux de faire ce cadeau aux
habitants de Radiator Springs et en plus, son style va
faire un malheur en Californie !

Le jour de la course, tous les amis de Radiator Springs sont venus soutenir Flash. Mais alors qu'il est sur le point de gagner, il fait demi-tour pour

porter secours à l'un de ses concurrents qui a eu un accident. Flash McQueen a finalement compris que la

gloire importe peu. Après la compétition, il décide
même de retourner vivre avec ses nouveaux amis et la
belle Sally… dont il est tombé amoureux !

dimanche

une histoire avec…

Clochette
ET LA
Pierre de Lune

Dans la vallée des fées, c'est la fête! Tout le monde se prépare à célébrer l'arrivée de l'automne. Cette année, Clochette est chargée de fabriquer le sceptre sur lequel

reposera la précieuse Pierre de Lune, indispensable pour créer la poussière de fées.

Tout heureuse,
Clochette court
annoncer la bonne
nouvelle à Terence.
Le jeune homme
propose de l'aider.
Mais très vite, la
petite fée trouve

que son ami en fait un
peu trop et elle commence

à s'énerver. Clochette finit par se fâcher et, maladroitement... brise la Pierre de Lune en mille morceaux!

Désespérée, la petite fée court chercher de l'aide. Au théâtre, elle entend parler par hasard d'une légende : il

existerait, très loin de là sur une île perdue, caché dans un bateau, un miroir capable d'exaucer un seul vœu. Clochette est bien décidée à le retrouver pour réparer sa bêtise. Elle s'envole aussitôt sur un magnifique ballon.

En chemin, Clochette rencontre Flambeau, une petite luciole qui décide de l'accompagner. Un matin, les deux amis se font surprendre par une violente tempête et le ballon s'envole loin d'eux... Clochette est triste, mais, heureusement,

Flambeau est là pour la réconforter. Rien ne les arrêtera dans leur aventure…

… Pas même deux vilains ogres! Après leur avoir échappé, Clochette aperçoit enfin le bateau. Au fond de l'épave, elle

découvre mille trésors et, parmi eux, le miroir magique. Hélas! Agacée par le bourdonnement de Flambeau, Clochette s'empresse de souhaiter le silence… au lieu de demander une nouvelle Pierre de Lune. Son vœu est exaucé!

Clochette vient de gâcher sa dernière chance! Elle
repense à Terence et s'en veut de s'être disputée avec
lui… C'est alors que le garçon apparaît derrière elle! Il a
volé toute la nuit pour la rejoindre et a même retrouvé son

ballon. Les festivités d'Automne vont bientôt commencer : vite ! En route pour la vallée des fées !

Pendant le voyage, Terence et Clochette ont fabriqué
un nouveau sceptre avec tous les morceaux de Pierre
de Lune. Ils arrivent juste à temps pour la cérémonie.

Bientôt, la Lune Bleue éclaire le drôle d'objet… et de la poussière de fées se met à tomber du

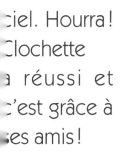

ciel. Hourra ! Clochette a réussi et c'est grâce à ses amis !

encore une histoire avec…

Par un beau matin d'automne, Winnie l'Ourson trouve un joli pot de miel devant sa porte.

– Qui a bien pu me l'offrir ? se demande-t-il.

Winnie se rend alors chez ses amis et leur demande
de l'aider à lire le message attaché au pot de miel. Mais
Coco Lapin ne parvient pas à le déchiffrer.

– Cette lettre a été écrite par Jean-Christophe, déclare Maître Hibou. Il dit qu'il est parti très loin. Je crois qu'il a besoin de vous, mes amis.

Pour les aider à trouver le petit garçon, Maître Hibou leur a donné un plan. Pas très rassurés, Winnie et ses amis entrent dans la forêt.

Soudain, un énorme rocher se dresse devant eux.

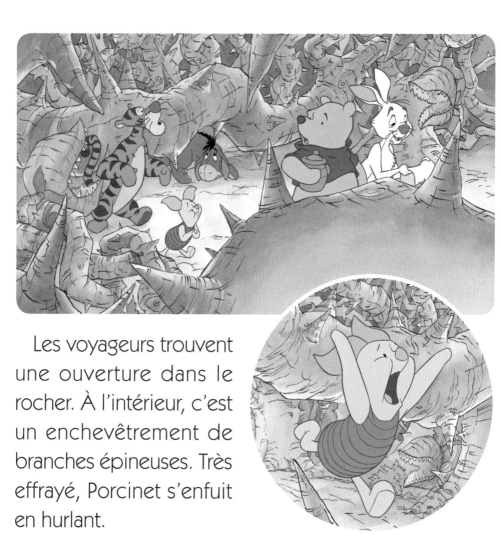

Les voyageurs trouvent une ouverture dans le rocher. À l'intérieur, c'est un enchevêtrement de branches épineuses. Très effrayé, Porcinet s'enfuit en hurlant.

Quand ses amis le retrouvent, Porcinet s'est fait de nouveaux amis : de magnifiques papillons bleus.

— Tu fais du parachute Porcinet ? lui demande Winnie.

Les randonneurs repartent à la recherche de Jean-Christophe et se retrouvent bientôt devant une grotte.

À l'intérieur, plusieurs chemins se croisent.

– Partons chacun de notre côté, propose Winnie.
L'un de nous rencontrera bien Jean-Christophe.

Winnie marche longtemps, mais il glisse et tombe. Ça y est, il est perdu!

– Hou! Hou! Quelqu'un m'entend?

Personne ne réagit à sa voix fluette.

Tout à coup, une grande jarre tombe sur le sol glacé de la grotte. C'est Jean-Christophe et tous ses amis qui viennent le sauver!

Jean-Christophe serre aussitôt Winnie dans ses bras.

— Tu as mal compris mon message ! Je te disais que j'allais à l'école et qu'il ne fallait pas t'inquiéter. Maintenant que nous sommes tous réunis, nous allons passer un bon après-midi !

Bonne nuit...

Pour l'éditeur, le principe est d'utiliser des papiers composés de fibres naturelles, renouvelables, recyclables et fabriquées à partir de bois issus de forêts
qui adoptent un système d'aménagement durable. En outre, l'éditeur attend de ses fournisseurs de papier qu'ils s'inscrivent dans une démarche
de certification environnementale reconnue.

Achevé d'imprimer en avril 2013. Imprimé par Macrolibros en Espagne – ISBN : 978-2-01-463541-6 – éd : 04 – Dépôt légal : avril 2012
Loi n° 49-956 du 16 juillet 1949 sur les publications destinées à la jeunesse.
Pour tout renseignement concernant nos parutions, nous contacter par téléphone au 01 43 99 38 88 ou par e-mail : disney@hachette-livre.fr

Hachette Livre - 43, quai de Grenelle, 75905 Paris Cedex 15.